五両目

鈍行列車にのりかえて

辻井輝行
Teruyuki Tsujii

風詠社

はじめに

人影のない無人駅のホームのベンチに腰をおろすと、居ごこちがよくて時の経つのを忘れてしまっていた。

人の世に疲れていても、こうしてひとりで風に話しかけると、いろんなことを教えてもらえる。心の疲れも癒される。心の汚れが洗い流される。うれしかった出来事や、大切な人の顔が次から次へと浮かんでくる。

いいかげんな生き方をしてきたものだ。今頃になって気づいても手遅れかもしれないが、大切な人たちにもっともっと気くばりをしないといけないと風が答えてくれた。今まではプレゼントを渡すことしか思いつかなかった。

この駅舎のあたりは店屋らしきものもない。土産物屋など、とうていあろうはずもない。

「そうか」心のお礼をこの駅が教えてくれているのだ。

新鮮な空気を胸いっぱい吸い込んで次の列車に乗ろう。

汽車のポー

『鈍行列車にのりかえて』という著書の初刊を頂いた時、幼い頃の蒸気機関車を思い出していました。機関車の後ろに積み上げられた石炭を適時、真赤に燃え上がるかまの中へ投入していく機関助手の任務は最も重要なんだよ…と聞いた時、子供心に熱いだろうなと案じたものでした。この機関車に牽引されて走って行く鈍行列車。懐かしい思い出が蘇ってきます。

プラットホームでベルがけたたましく鳴り響き、駅員が暫くするとベルを止め、メガホン片手に「ピーッ」と発車の笛を吹くと同時に、機関車の汽笛が「ボーッ」と勢いよく響く。「ゴットン」と列車は動き始めるのです。児童唱歌の一節に、当時の情景が如実に表現されています。

汽車　汽車　ポッポ　ポッポ
シュッポ　シュッポ　シュッポッポ
僕等をのせて
シュッポ　シュッポ　シュッポッポ
スピード　スピード　窓の外

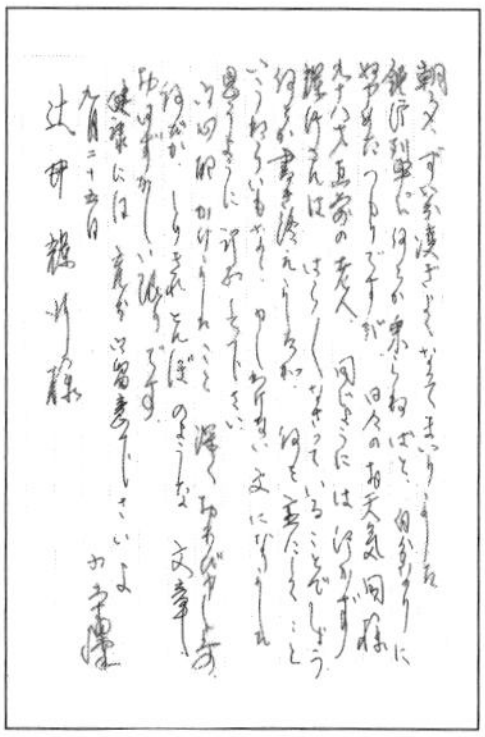

若々しい筆跡のお手紙

畑も　とぶ　とぶ　家もとぶ
走れ　走れ　走れ
鉄橋だ　鉄橋だ　たのしいな

座席について窓をあけ、ひとしきり外の景色の移り変わりに夢中になっていた子供心。現在では、恐らく体験できない一駒でしょう。

各駅にゆっくり停車するので、石の宝殿・加古川の日本毛織工場・土山駅から南へ走る別府鉄道・神戸駅では、東海道線と山陽線の分岐点等、まだまだ数多くのことを学ぶことができました。駅名も姫路から京都までよく覚えました。殊に、京都の手前の向日町は珍しく、現在でも通過する時、欠かさずホームを眺めています。こんなに長閑な体験を回顧する好機を頂けるとは、夢にも思っていませんでした。辻井輝行さんからのご厚意による鈍行列車のおかげです。

輝ちゃんとの出逢いは、遠い昔語りになりました。今も輝ちゃんと呼ばせてもらっています。小学校を卒業して、中学生になられた頃でしょうか。私宅の近くから中学校へ通っていらっしゃいました。

いつも明るく、その凜々しい姿は、今も全く変わりありません。実に律儀で礼儀正しくぞんざいな話しぶり等聞いたこともないお子さんでした。また、心やさしいしぐさには、ただ感動するばかりでした。

恐らく、ご両親様の子育てが素晴らしかった事と讃えると、返ってくることばは、「それは、おばあちゃんのお陰です」と、敬虔の念を忘れない態度には驚きです。暫く、勤めの関係で多忙な日々を送っている間に、高校・大学へと進学し、気づいた時には県立高校の国語教師としてご活躍中でした。

研究意欲は、益々燃焼し、国語関係の著書は勿論、海外へも進出して見聞を広めて行かれる旺盛な姿勢に自ら頭がさがります。

現在は、講演依頼・ベトナム人の教育・あらゆる分野からの要請が殺到している状況を伺っています。何年か前に、朝比奈 隆さんのおっしゃった言葉。七十代は第二の人生と…。愈々輝ちゃんもこの年齢に近づかれたと思っています。健康第一。毎日、三十分から四十分の歩行で足を鍛え、食事はおろそかにせず、大いにご活躍下さい。

人生百年時代です。男性の方も益々元気でご活躍です。文筆活動を続けていらっしゃる間は、頭脳の衰えなど全く寄せつけません。人生を豊かに、若さを保ち蓄積されました叡智を多くの若者に伝え、喝をお願いします。

二〇一九（令和元）年九月二十五日

姫路市 初代女性校長　小寺澤福代

小寺澤先生ありがとう

もの心がついた頃からかわいがってもらっていた、シゲヒロちゃんのお母さんであり、近所のおばちゃん。

私が成長するにつれていろいろな方面から「偉大な先生」「立派な先生」と聞くようになっても、私にとってはシゲヒロちゃんのお母さんであり近所のおばちゃんとして育ってきたので、どうしても「偉大な先生」は後回しで付いてくるものだった。一年以上も前から、先生にメッセージを書いて下さいと依頼し続けてきたが、今回やっと実現した。

今年で九十九歳になられるが、現在も凛とした姿勢で生活をしておられる。健康の秘訣を伺った。「新聞を読む」「手紙を書く」「人と話す」「食事に気をつける」「外に出て新しい空気に触れる」これを毎日実践されているそうだ。講演にも行かれる。

小寺澤福代先生

先生として大先輩。追い付くことなどできないが、これからも導いて下さい。この本の出版の五ヶ月後、白寿を迎えられる先生に、失礼な呼び方ですが「とっても立派なおばちゃん、これからもよろしく」。

目次

1　努力しないと

汗で培われたものは失われない

分かったというふりをしてはいけない
分かったといえるまで努力をしないと

負けず嫌い
自分を鍛えるための意味であってほしい

何もせずに後悔
何でもやってみて後悔

一〇〇パーセントの力を出すためには二〇〇パーセントの準備がいる

天狗になるな
手を抜くな
初心を忘れずに

何事もやってみないとわからない

他人のことなんてそう簡単に理解できるものではない
生まれ育った境遇がみんな違う
相手をもっともっと理解しないといけない

2　ちょっと立ちどまって

人生における投資は大切だが、単なる消費や浪費と混同するな

ついていい嘘、悪い嘘

他人にむやみに自分の意見を押しつけるな

夢と希望が生きる目標
晴れの日ばかりではない
雨の日もある
それが人生

人生を明るく生きていたら　まだ……
暗く生きていたら　もう……

幸せはあまりぬか喜びするんじゃないよ
それが通り過ぎた後の悲しみを知っておこう

人間というのは気まぐれ
その日の気分で周囲のものを判断、選別してしまう

全力で走った後は少し立ちどまってみよう
振り返ってみることも大切

勝っても驕らず
負けてもクサらず
何と勝負するのか一度立ちどまって考えよう

判断する時に
好きか嫌いか
良いか悪いか
正しいか正しくないか

ちょっと見てみよう
大学というのはそこに集う学生がいいのであって、大学がいいのではない
会社もそう。社員がよければ会社がよくなる

3　もっと大きな心をもって

待つことの大切さ
許すことの大切さ

小さい人間ほど批判、批評をしたがる

他人の喜び、悲しみのわかる人に
共に喜び、悲しめる人に　私はなりたい

物を売るな　自分という人間を売れ

人に慣れよ
職場に慣れよ

鈍い心と寛い心の違い
感じない
感づいていながらそっと見守る
この違いは大きい

将来ある若い人を守り育てる立場のものが自分の保身だけに走り、若者に責任をなすりつけるのは醜い限り（日大のラグビー事件での釈明）

4　世代を越えて

人間とは勝手なもの
年上の人からの話はうるさい
年下の人からの話は頼りない

師を探す三年
弟子を見つける五年

自分が小さい頃に出会った人たちは
今でも私のことをチャン付けで呼んでくれる
こんな人は両手の指で充分余るほどになってしまった

今精一杯生きているから
若い頃に戻りたいとは思わない

若い人から元気をもらう
さて私は何をお礼できるだろう

将来性の見分け方
礼儀作法は身に付いているか
友だちはあるか
目標を持っているか

年長者には敬意を払おう
培ってこられた知恵を学ぼう

若い人の義務
年長者から学ぶ
年寄りの責務
若者を育てること

君たちのサッカーチームの名前　NO FEAR　恐れるな
いい名前だ
私に勇気をくれる　立ち向かってくる困難を恐れないゾ
（南アフリカ、クライシスミアのサッカーチーム）

著書『地上の楽園 クライシスミア』

5　笑顔はいいもの

自分にいいところはないけれど
笑顔だけでも忘れずに

笑顔が幸運を呼ぶ

笑顔がいいですね。よく言われる
小さい頃からの母親の教え
不細工な顔でも笑っていたら二割はマシに見えるよ

笑顔は世界の共通語

一日の始まりは「おはよう」から

ボランティアは身近に、気軽に
笑顔と明るい声で

6　不断の準備　見えないところで

咄嗟の返事、対応、うまくいかないことがしばしば。
後になって、あの時は……と思う。
次の機会に向けて反省

名スター、名選手のそばには名指導者がいる

どういう人生を過ごしていくかを常に忘れないように

「生きる」の説明はむずかしい
「生きる」とは「どう時間を使うか」ということか

生まれてくるのは偶然、死ぬのは必然

感性、知性は年とともに磨かれる

7　自分と語る

愚痴を言うのもほどほどに
嘆き悲しむのもほどほどに
人に疎まれないよう

毎日、鏡の中の顔を見る
心の健康を確認する

物に対して、金に対して
ともすれば際限のない欲望が出てくるもの
腹八分、コップ半分の水を忘れずに

困ったことだ。あれもほしい、これもほしい
財布の中は限りがあるが
心の財布は豊かでありたい

一日も早く自分の長所を見つけ出そう

人生のどこかで大輪の花を咲かせたい

語ることの深さ
人と、花や鳥と、書物と、そして自分と

8　幸せって何だろう（再発見）

神様って、いて下さるんだな
幸せを届けて下さってるんだな
そう、何事もうまくいくようにして下さっているんだな

従う
何も持たない
純潔（聖者の精神）

ビジネスの関係を越えて親しくしてくれる人がいる。幸せだ

みんな帰っていく家がある
待ってくれている家族がある

わざわざ急須で入れてもらったお茶は
のどだけでなく心もうるおすものだ

8　幸せって何だろう（再発見）

人よりたくさん幸せをもらっている分
辛くて泣くことも人より多い
しかし悲しむことが多い分
人に尽くして報われた時の喜びはとても大きい

こんな弱い自分だから、他人が困っているのを見ると放っておけない

大病を患ったことがない
ひとりで生きる私を
神様、先祖、両親が見守ってくれているからだろう

信じてもらえないと嘆くより
信じ通すところに喜びを感じたい

9　弱い私

ついこうなってしまう
妬《ねた》む　僻《ひが》む　嫉《そね》む　恨《うら》む　そして怒りになる

また欺《だま》された。親しい人の息子だからと信じた結果、高額の授業料
渡る世間は詐欺ばかり

弁解、言い訳、言いのがれ、厳に慎むべし

恨まない、悔やまない

自分で選んだこの人生だから、受け入れないとね

自戒

誰にも頼るな
誰にも期待するな
誰にも甘えるな

自分に負けるな、自分と闘え

私のことを嘘のつけない人間だネと言ってくれる
純粋無垢だネと言ってくれる
ただ単純なだけ
子供のままで年寄りになってしまった

冷めてしまった情熱
かなわなかった夢
振り返ってみるとこんな化石の何と多いことか

元気を出せと言われるけれど
もうダメと感じる時もある

人間は平等だというけれど
平等なのは一度だけ生まれて、一度だけ死ぬこと
一日が二十四時間ということだけ

困ったものだ。自分のことすらできないのに、弱い人を見たら親切の押し売りをしてしまう

強い人ほど優しいものだ
うらやましい、見習いたい

10　ゆとりをもって生きていこう

人生は楽しんで、感謝して、大切に

仕事も時間も追いかけられないように
追いかけていく心のゆとりをもとう

希望がある
夢がある
これが元気の素

生きる
今日を生きる
元気を出して生きる

目標があるのはいいこと
今日の生き甲斐、心の支え
明日への希望、成長につながる

金ばかりを追いかけていると、金の方から逃げていく

人間関係の断捨離

余計なつきあいをやめ、無駄なかかわりをそぎおとす

小雨の道を自転車で駆ける
いつもは見える並木のむこうが
煙って隠れている　想像が広がる

効果的と効率的
仕事においては効率を求めるが、教育においては効率ではなく効果を求めるべきだと思う

遊び、ゆとりが結果として将来への投資となっていることがある
目先の利益のためのものは投資とは違う

自分のために時間を使う
他人のために時間を使う
どちらも大切、人生いろいろ

川べりの土手を歩いていると
鳥のさえずりに呼び止められた
名も無い花に語りかけられた
こんな時間に癒される

時間のお金持ちを目指そう
ゆとりを持って生きたいものだ

11　相手を大切に

自分を大切にしよう
周囲に心配させないためにも、元気でいよう

喜びを感じると心がほんわかしてくる

自分がしてもらったらうれしいのに、どうして多くの人は他人のためにしないのだろう

自分には優れたところがないことは自分が一番よく知っているが、バカにはされたくない

人から親切を受けた時
感謝の気持ちを込めて届けるものを「おかえし」
義理、形式的にするのは「しかえし」
心のあるなし

涙のわかる人になれ

君の生き方は自分で決めろ
幸せに生きてくれることだけを祈っている

相手の心を知る
理解するだけでなく、相手の心を自分のものとして感じたい

12　出会いと別れ

大きな病院のお医者さんというのは、ある意味で寂しい職業ですね
治してもらって良くなったら姿を見られなくなります

あなたの後姿を見せないで
寂しがりやだから
泣き虫だから

「さようなら」は聞きたくない
「またネ」で別れたい

呼びかけて返ってこない「さようなら」は辛いもの

川の堤に咲く花
名前も知られず枯れていくからいとおしい
めぐり来る季節の花
次の出会いを心待ちにしよう

人生とは出会い
今あるのは出会いの積み重ね
今おろそかな生き方をしていたら
あなたのような素敵な人と出会えなかっただろう

日本語の「さようなら」
奥の深いことばだ

あいさつというのはむずかしい
一瞬に自分の心を届けないといけない

時折、長旅に出る
遠く離れた所
日常生活から遮断された世界
久し振りの友人に会いに
自分と向かいあうために
自然の中に入り込むために
遠い昔の歴史に触れるために
また新しい出会いを期待して

13　友だち

友だちがある　命の糧

「私が引越ししたら寂しい？」

「イイヤ　ベツニ」

「向こうに行ったらブドウでも送るわ」

「イイヤ　オクラナクテモ　トリニイクカラ」


（引越しのＣＭ。青春の甘酸っぱさで別れの寂しさを覆い隠している。いいＣＭだと思う）

幼なじみはいいものだ
酒を飲んで帰る時、後姿を見送る
小学生の頃のままだ

13　友だち

久し振りに出会った友だち
長い空白の時間を瞬時に埋めてくれるうれしい存在

14　素敵なメッセージ

三途の川を渡るには六文銭がいるそうだ
そんな金は無いから泳ぎの練習をしているという女性（プールにて）

している時は遊び、道楽のようだが、
それが結果として投資したことになっている（トライアスロンの友人）

受けた恩は石に刻め
かけた情は水に流せ（ボランティアの尾畠さん）

好きなことをするよりも
世の中への奉仕をするよりも
人に親切にすることが寝たきり予防になるらしい　（某テレビ番組）

人の喜ぶことをすると、こちらがあたたかくなる（幸せの王子）

15　前を向いて

自分の贅沢に使う金は無い
まず他人のために、とりわけ支援のために使いたい

まず自分を大切に
自分で自分を守ってやらないと、誰も我が身を捨ててまで助けてくれない

自分が一番
元気でいないと人のお世話、世の中への貢献などできない

読者の声

あるブログの記事から①

悩んだり、落ち込んだり、行き詰ったりしたときに手にする本がある。

『あなたに会えてありがとう』辻井 輝行

高校時代の恩師が著した本。

去年、ネットで偶然見つけた。すぐに取り寄せた。

恩師が何か事あるごとに心に湧き出た言葉を書き留めた大学ノートを恩師の家で偶然見つけた編集者の勧めで出版に至った本である。

高校生当時、私の目には恩師は聡明で大人で完全な人間に映っていた。しかし本を読んでみると恩師は色々なことに躓き、悩み、もがきながら様々な言葉に支えられ、励まされ、奮い立ち人生を歩んでこられたことがわかり、胸が熱くなった。

私自身、行き詰まって悩んでいる時、この本を読む度に何れかの言葉が胸に響き、次へ進む活力を与えてくれている。

今年の恩師への年賀状に本を見つけて読んだ旨、記したところお手紙と共に恩師の今までの著書を贈り届けて下さった。

メールで何度かやりとりし、その中にはお互い再会を望む件もあった。

高校卒業してから二十年。専門学校入学前に一度高校でお会いしたのでそれから十年、恩師とは年賀状のやりとりだけだった。

十年。それに見合う成長ができている自信がないので、なかなか合わす顔がないのだが、これからまた頑張って、その先に成長した自分を示す機会を与えられていれば良いなと思う。

この『あなたに会えてありがとう』。読むときの心境によって響く言葉が異なるのだが、今日響いた言葉は

「人間の魅力とは何だろう
金、肩書き、肉体
すべてをなくした時
それでも人が近づいてきてくれる
そんな、内面的に充実した自分を育てたい」

『あなたに会えてありがとう』

あるブログの記事から②

以前に書いたこの記事。恩師の御本『あなたに会えてありがとう』をインターネットで偶然見つけて読んでみたら凄く良かったです。というやつ。

それから新たな展開がありました。

先日その恩師から我が家にお葉書が届きました。

そのお葉書には私が書いた先述のブログ記事を偶然目にしたお知り合いの方から伝え聞いた恩師がご覧になって、えらく感激したというようなことが書かれていました。

そんな素敵なことをして下さるもんですから私もえらい感激して恩師にお礼の電話をすることにしました。恩師のお声を聞いたのは十五年程前に私が専門学校受験するに当たって必要だった高校時代の成績証明書を受け取りに母校へ行った際に偶然お会いして以来。

十五年振りに聞く恩師のお声は昔と変わらず穏やかで温かいものでした。私は口下手で、しかも久々なので緊張して話が続くのかと不安でしたが、そんな心配は杞憂に終わりました。恩師が上手に会話をリードして下さったこともあり、高校生の頃に戻ったかのような自然な感覚で話が出来ました。

恩師はその後も本を何冊か著されていたそうで（私の失策でチェック出来ていなかった…）

また贈って下さいました。

御本のタイトルは『鈍行列車にのりかえて』と『鈍行列車にのりかえて　二両目』。大切な限りある時間を大切な人と噛みしめながら、ゆっくりのんびり生きようというテーマで恩師のありがたい言葉がたくさん記されています。

恩師のメッセージのひとつひとつに対して、今の自分は出来ているか否かを考えながら読み進めていました。出来ていることに対しては、いつの時点で誰のおかげで体得できたか思い返していました。これまで多くの方々に支えられ此処まで来られたのだなぁと再認識することが出来たのでした。しかし出来ていないことの方がまだまだ、まだまだ多い。

あとの残りの人生でどこまで自分を磨けるのか、今日の自分より明日の自分が少しでも成長出来ているように一歩一歩着実に歩みを進めて行きたいなと感じています。ただ私の場合は鈍行列車ではこの世を去るまでに終着駅に辿り着けないでしょうから、暫くは快速で。いや新快速で…しんかんせ……リニア……（、Д、Ш)。

とにかくマイペースで頑張ります（*^.^*）

最後になりましたが、御本の中で一番私に響いた言葉を紹介させて頂きます。

「もしあなたが、今幸せなら、

どうぞ私のことは忘れていて下さい。
もしあなたが今悩んでいるなら、
私のことを思い出して知らせて下さい。
一緒に悩みましょう。
一緒に考えましょう。
一緒に歩いて行きましょう。
答えが出なくていいんだよ。」

『鈍行列車にのりかえて 二両目』

あるブログの記事から③

もう十何年も前、空手をやってた時に知り合った高校の先生で辻井輝行先生から、突然、本が二冊届きました。

この前、定年になり、お手紙頂いていたのに返事も出来ず連絡を取ってみると話があって本を出版したとのこと。嬉しいかぎりです。

素晴らしい先生で貧しい国の勉強したい子を自分の家に引きとって大学に行かせてあげたり、私の相談にも幾度となくのって頂きました。

本のお礼に伺った時は「医者から運動するように言われてるからトップラン行くわ」って言ってたから、ジムで会うかもですね？

そんな素晴らしい先生が書いた本、どこかで目にしたら読んであげて下さい。

きっと優しい気持ちにさせてくれます。

辻井先生ありがとう(^_^)V

この記事に対するコメント

早速事務所にあったのを見つけて、私も読ませていただきました。

様々な出逢いには一つ一つ意味があって、全ての出逢いは偶然ではなく必然的に引き寄せられてるのだと改めて感じさせられました。人との出逢いから学ぶ事って本当に沢山ありますよね。電車で隣に座った人、道を尋ねた人、こんな一瞬の出会いからさえも…例えば親切に道案内をしてくれたなら私もあの人の様に他人に対して接しなきゃ！とか、一瞬一瞬の出逢いから色んな事を学び感謝し大切にして行こうと考えさせられますよ o(^_^)o

トップランでの皆様との出会いにも本当に感謝しています！

ありがとうございます(^^)

これからも末永くよろしくお願いいたします！

人に頼める力 ～心のお金持ちを目指して（播磨大塩病院「家族教室」二〇一八年六月十六日）

「生きるのが楽になるには」をキーワードに、自らの体験談を交えながらわかりやすくお話ししてくださいました。「生活力とは人に頼める力！である」「人は自分の弱い所を隠したがるもの。言い換えると、自分の弱い部分を出せる力こそ強さである」といった名言をはじめ、大変心に響く講演でした。質疑応答では絶え間なく感想や質問が続き、有意義な時間を15名の参加者たちと共有することができました。また、ご友人の方による「歩き方ワンポイント講座」も好評で、活気溢れる会となりました。参加者の声を一部、紹介させていただきます。

・先生のお話を聞いて、自分がしてきたことは間違いじゃないと思えて、気持ちが楽になりました。

・なかなか人にモノを頼むのは難しいですが、これからは遠慮せず頼んでいこうと思いました。

・来ようかすごく悩みましたが、先生の話が聞けて本当に来てよかったです。

・今、考えると人にモノを頼んでないな！と振り返りになりました。

明日に向かって（兵庫県立淡路高等学校「進路講演会」二〇一八年十二月十八日）

講師の辻井輝行さんは高等学校で国語の教員をされていましたが、現在は国際ボランティアとして活躍されています。講演の中で「自分の得意なところと不得意なところを探しましょう。得意なところは一所懸命取り組み、不得意なところ（欠点）はさらけ出して他の人に助けてもらいましょう」と言われました。また「人生の扉は自動ドアではない。自分で開けなければならない」「若いうちに海外へどんどん出かけてください」「ボランティアに参加し、そこで出会う人とつながってください」「つながりをずっと持ち続けることが大切です」と続けられました。生徒の感想より、一部を紹介させていただきます。

・私は弱みを見せるのが苦手ですが、この話を聞いて、もしかしたら苦手なことができるようになるかもしれないと思うと、少し話してみようかと勇気がもらえました。
・人との出会い、つながりを大切にしたいです。
・弱みを話せる友達がいることはいいことだと思った。
・やさしい大人になっていたい。
・辛いときだけ頼ってきても、普段から親しくないと助けてくれないという言葉が印象に残りました。

・「努力をしていない人ほど文句を言う」と話されていたこと、全くその通りだと思った。
・心に余裕のある大人になりたい。心に余裕ができると自分だけでなく、相手のこともしっかり考えられる。

姫路での草の根活動（国際ソロプチミスト姫路西「プログラム例会」二〇一九年二月二十一日）

台湾や南アフリカ共和国での交流など、ボランティア活動を始められたきっかけから、パキスタンの学生への支援、また在日ベトナム人との交流など、彼らの良き相談者として幅広く活躍されていることなどを拝聴しました。講演後には氏を囲んでボランティアについて話し合いができ、有意義な講演会となりました。

播磨大塩病院
（2018年6月16日）

兵庫県立淡路高等学校
（2018年12月18日）

国際ソロプチミスト姫路西
（2019年2月21日）

支援を始めたきっかけ

南アフリカ共和国の大学教員に招待され、一九八九年に南アフリカの大学を訪問しました。そのときスラムに暮らす黒人の子どもたちの状況を知り、一九九〇年から支援を始めました。集会所を借りて、子どもたちへの教育支援を行い、アパルトヘイトが撤廃された現在も文具の支援を続けています。

また、高校の教諭をしていた頃にベトナム国籍の生徒を指導したことを機に、二〇〇七年から自宅で日本語教室を始めました。日本語指導の他、家庭や職場での悩み相談や法律指導、地域活動への参加促進なども行っています。彼らが、日本で暮らして良かったと思ってくれることが喜びとなっています。

南アフリカ（クライシスミア）

社会ボランティア賞を受賞

辻井氏は、公益財団法人ソロプチミスト日本財団の顕彰事業で「社会ボランティア賞」を受賞（推薦クラブ「国際ソロプチミスト姫路西」）され、二〇一八年十一月十三日、仙台国際センター（宮城県仙台市）において開催された「ソロプチミスト日本財団 平成三十年 年次贈呈式」に出席されました。

辻井氏は永年にわたり、南アフリカの子供たちに文具などを届けたり、また地元のベトナム人の子供たちに日本語を教えたりと、「教育は子供の心を育てる」という思いで活動を続けておられます。

仙台国際センター（2018 年 11 月 13 日）
理事長 千容子氏から手渡される
（国際ソロプチミスト姫路西会長 金治ゆかり氏と共に）

子供たちとの文化交流

1999年(平成11年)1月6日　水曜日　東北 (18)

高砂高校教諭
辻井輝行さん

私費でパキスタン留学生受け入れ

国際的な視野 ともに

現地で出会った
ナヴィドさんと 昨秋から共同生活

学ぶ意欲のあるアジアの青年を支援しようと、姫路市内の高校教諭が、私費で留学生を受け入れている。世界各国を訪ねるうち、勉学の機会に恵まれない多くの青年たちに出会ったのがきっかけ。いまでは「控えめな生活や真剣に学ぶ姿勢に、こちらが教えられることが多い」と話している。

姫路市双葉町の辻井輝行さん(四九)。九八年九月からパキスタン人青年のムハマド・ナヴィド・アズミさん(二七)と共同生活している。

辻井さんは、県立高砂高校の国語教師。そのかたわら、「複数言語社会の学校教育」のテーマで研究を続けていて、休暇を利用して世界各国を訪れる機会が多いという。これまで希望者数人の受け入れを試みたが、相手方の家庭の事情や阪神大震災などで実現していなかった。

二人は九七年十二月、同国最大の都市カラチで出会った。カレッジを卒業したナヴィドさんだが、仕事がなく、さらに勉強を続けようと故郷を離れ知り合いの家に身を寄せていた。そこに辻井さんが訪れた。「日本で勉強してみては」という言葉を、初めは信じられなかったという。

三カ月間現地の日本語学校に通った後、昨年九月二十七日に単身来日した。姫路独協大学の日本語学科に在籍している。情報処理の修士をとり、帰国後はコンピューター関連の企業への就職を考えている。

一人暮らしの辻井さんの自宅に下宿。国の料理を作ることもしばしばある。イスラム教の戒律を守り、一日五回の礼拝を欠かさない。

辻井さんは、「パキスタンの人たちは相手を
大事にし、子どもたち
れいな目をしていた。
例外ではない。純粋さ
り失わずに、国際的
野を身につけてほしい
期待している。

また、「学びたいと
ても、経済的な理由や
事情でかなわない人は
い」と、さらに数人の
入れを予定している。

辻井さん（右）と留学生のナヴィドさん＝姫路市双葉町の自宅

ワイドはりま

☎078・362・7056
神戸新聞読者センター

ご意見、ご要望、本社事業などの問い合わせにご利用ください。掲載した写真や記事コピーの実費による提供もしています。

くらし&けいざい

エトセ
大阪ガス各種
座
【タイルモザ
日前10時～後0時
者はミニトレー
む。講習費千5
【賀付けとき
」13、20日後
半。テーマは「
物持参。参加費
【ラッピング

神戸新聞（1999年1月6日）

民族衣装を着て

ジル　11歳の時
余命数年と宣告された。この犬（ゾウィ）だけが友達だったジルは「出口のないトンネルはないヨ」の励ましを支えにたくましく育ってくれた

ジルはハンディを乗り越えて警察官の夢を実現。しかし持病のため、武器を携帯しない内勤となる
EU本部のあるモンゴメリー地区で勤務。テロや暴動が多い中、内勤のため、かえって安全である
「わざわい転じて福となる」

交番の方に撮影してもらう。
日本に来ても警察には関心があるようだ（2018年）

ジルの故郷ベルギーの暮らしについて記した著書
『こころ豊かな国ベルギー』

神戸新聞

2007年（平成19年）3月17日　土曜日

県弁論大会で最優秀賞

ベトナム国籍のドアン君

飾磨工業高校を卒業

国籍の違いで感じた体験や夢、苦労語る

ドアン君（左）と指導した辻井輝行教諭＝県立飾磨工業高校

「第十回生き方を考える高校生フォーラム」（県教委など主催）で最優秀賞を受賞した、ベトナム国籍のドアン・ティエン・ティン君（二〇）＝姫路市市川台＝がこのほど、母校の県立飾磨工業高校を卒業した。「私の故郷」の演題で、国籍の違いなどで感じた体験や夢、苦労を語り、同校初の栄冠に輝いた。

大会は、西宮市で一月に開かれ、県内八地区から選ばれた代表者八人が出場。ドアン君は中播磨地区の代表として登壇した。高校一年の時に交通事故で重傷を負った際、教師や友人に助けてもらったことで国籍が異なることで抱いていたわだかまりが消えていった体験談を語った。

事故直後は「友人がかばんを持ってくれるなどしたが、最初は素直に受け取ることができなかった」などと感じたが、その後も支え続けた友人らの姿に、「国籍は肩書に過ぎない。ふるさとは日

本ですが、祖国は
ムであり続けます
めくった。
　ドアン君は、ベ
から難民として日
た両親の長男とし
九八八年に長崎県
れた。その後、姫
り住み、市内の小
に通った。
　理学療法士を目
め、県内の専門学
む。日本国籍の取
えているという。
君は「将来はふる
路で多くの人に恩
したい」と話して
（若林

神戸新聞（2007 年 3 月 17 日）

南アフリカ（クライシスミア）

エチオピア館でのボランティア。観光大使のアベラ氏と（1970年の大阪万博）

南アフリカ（キャロライナ）

ベトナム人中学生と（京都 東本願寺）

日本語を学びに台湾から来た方永安くん

ズル族の文化村

再会

揖場 裕

背も低く落ち着きのない私と、ひ弱で運動が苦手だった辻井君とは五十年以上前、中学の同級生でした。家も歩いて約三分の距離にあったのですが、中学を卒業してからは違う高校に進み、それ以降、それぞれ異なった道を歩いてきました。

ところが、数年前、意外なところで彼と再会したのです。それは、私の通っているスポーツクラブででした。彼によく似たオッサンを見かけた私は、ほぼ彼に間違いないと思ったのですが、実際に言葉を交わしたのは一ヶ月以上経ってからでした。

ネットで「辻井 輝行」を検索してみると、本を出しているとか、高校の国語の先生をしていたなどと書かれています。やはり、辻井君に間違いないと思ったのですが、確信はありませんでした。なぜかというと、私の知っている限り彼はスポーツクラブへ通うような男ではなかったからです。そんなことはとても考えられませんでした。

以前だったらスポーツクラブの受付で聞けば教えてくれたのでしょうが、今は個人情報保護の時代だから聞いても無駄だと思い、こちらから直接確認するのが一番だと思いつつ日々だけが過ぎていきました。どんなタイミングだったか忘れましたが、彼に声をかけると怪訝な表情を見せました。なにしろ五十年ぶりです。けれど、お互い自分のことを話しているうちに昔のような友人関係に戻っていきました。

パソコンや運動が苦手と思っている彼。数多くの講演を行っている彼。私とは異なる人脈を持つ彼。彼の色々な面を知りました。彼は国語の教師なのに英語やフランス語が話せて、海外にも多くの友人がいます。私はというと、大したことはないのですがパソコンも運動も好きです。高校時代は病気のため体育の授業は全部見学で、その後も運動は止められていたのですが、二十歳過ぎにドクターストップが解けるとマイペースでできるサイクリングやスイミングを楽しむようになりました。今では年代別というカテゴリーですが日の丸を付けて公費で何度か世界選手権に派遣していただけるまでになり、二〇一六年、メキシコでの世界選手権で銅メダルを獲得することができました。そうした経緯もあり、どんなことでも本人がその気になれば良い方向に向かうということを実感しています。

私は彼の紹介でラジオ出演をしたり、逆に私の紹介で彼がラジオに出演したこともあります。このように進路も特技も人脈も全く異なる二人ですが、お互いのマイナス面を補い合える存在に自然と発展していきました。

今回、『鈍行列車にのりかえて　五両目』発刊に当たって何か文章を書いてくれと彼から依頼されたとき、文章を書くのが苦手なのは充分承知の上で私に言ってきたことなので、断りたい

トライアスロン世界選手権シカゴ大会（2015年）

気持ちを抑え、逃げてはダメだと言い聞かせて受けてしまいました。人前で話をしたり文章を書くのが苦手な私にとっては、良い機会だったと思っています。

ところで一番今驚いているのは、一年近く前から彼がプールで泳ぎ始めたことです。まだまだスイムに関しては伸びしろがタップリあるので、今後が楽しみです。

先日、地元の加西市で開催された「グリーンパークトライアスロンin加西」に、応援に駆け付けてくれました。トライアスロンは、スイム、バイク（自転車）、ランの三種目をこなすハードなレースです。私は、汽車、汽車、ポッポ、ポッポ、シュッポ、シュッポ、シュッポッポと呟きながら、リズムに乗って走りました！

こちらは五両目でなく、もちろん先頭車両です。

揖場君、これからもよろしく

徒歩で三分ほどのところに住んでいながら、長い間とり立てて連絡をし合うことはなかった。同じ中学に通ってきたが、お互いの進路に向かっていく中で、日々の生活に追われ接点を共有することがなかった。

私は健康維持の目的で、定年後近くのジムに通い始めた。ある日、怪訝な表情で近づいてきて声をかけてくれた。それが彼であったが咄嗟には誰か理解できなかった。彼が「イバです」と言ってくれてやっと記憶が蘇った。私の中にある彼は、小柄で、恥ずかしそうに笑う、内気な少年だった。目の前に立っている彼は、無駄な脂肪を一切削ぎ落とし筋肉で覆われた精悍なスポーツマンだ。彼も、私を見て外見が変わったからではなく、私がこのような場所に来る人間ではないと思っていたから、恐る恐る近づいてきてくれたようだ。

少年期の友だちというのはありがたい。長い空白の時を一瞬にして埋めてくれる。それ以来よく来てくれるようになった。自分の近所に、それも同級生にこんなに努力を積み重ね、世界で活躍している人がいることは、私にとっても誇らしいことだ。

彼と私は興味関心を持つのが全く別世界。運動が嫌い、メカが苦手、こんな分野を嫌な顔もせず助けてくれる。

「イバ君、これからもよろしく」

第9回グリーンパークトライアスロン in 加西(2019年)、
スタート前

あとがき

このところ遠い昔のクラスメイトや幼馴染と語る機会が増えた。学生時代の後輩も然り。しかしあい変わらず、周囲の人たちに助けてもらいながらの日々だ。

そんな中で新しい世界にも足を踏み入れた。

太極拳とプール。

まだまだ初心者。どちらも人に誘われて出かけるようになった。全く自分の意志からではない。これも私の弱点。自分の足で歩いていけない、常に誰かに強引に言われないと動けない。口では「申し訳ない」とか「ありがとう」とか言ってはいるが、自分からはやろうという気になれない悲しい自分だ。そのため、自分の全てを他人にさらしてしまう。何度、他人に欺されたことか。しかしそのたびに誰かが窮地を救ってきてくれた。その一方で、周囲の人たちへの恩返しのつもりで、自分のできる範囲の小さなことをやってきた。それに対するご褒美だろうか。平成三十年度、ソロプチミスト日本財団から身に余る賞を賜った。私の人生における一番大きなご褒美だ（もっと世のために貢献しなさいという意味かもしれない）。

太極拳は奥が深い。手取り足取り教えてもらっても、勘がつかめない。幼馴染がいてくれるから何とか続けられている。

一方、プール通いは無様そのもの。上手、下手が一目瞭然でわかる。多くの人たちの優しい笑顔に支えられて通い続けている。

「人生は短いが二十五メートルの向こう岸は遠い」

太極拳もプールも新しい人と出会えたことが宝物だ。新しい世界が広がった。そこでいろいろなことを教わっている。一歩ずつ、一段ずつ、前に向かって上を目指して進んでいきたい。最近話題になっている造語、「貯金」より「貯筋」を心がけて。

〈著者プロフィール〉

辻井 輝行（つじい・てるゆき）

1950年生まれ。兵庫教育大学大学院修士課程修了。

在学中より上代語の研究を続け、兵庫県内の県立高校にて国語科の教鞭を執る。

ベルギールーヴァン大学CLLフランス語コース修了。

様々な国際ボランティアに携わりながら兵庫県立飾磨工業高校を定年退職後は多くの著書を出版し、「出会いの素晴らしさ」や「人を大切に思う気持ち」などをテーマに若者から高齢者まで幅広い年代に向けて講演活動を続けている。

主な著書
『こころ豊かな国ベルギー』（2011年2月7日　パレード刊）
『あなたに会えてありがとう』（2011年2月7日　パレード刊）
『地上の楽園　クライシスミア』（2013年10月1日　パレード刊）
『鈍行列車にのりかえて　一両目』（2016年6月1日　パレード刊）
『鈍行列車にのりかえて　二両目』（2017年2月11日　風詠社刊）
『鈍行列車にのりかえて　三両目』（2017年9月29日　風詠社刊）
『鈍行列車にのりかえて　四両目』（2018年7月14日　風詠社刊）

鈍行列車にのりかえて　五両目

2020年6月27日　第1刷発行

著　者　辻井輝行
発行人　大杉　剛
発行所　株式会社 風詠社
〒553-0001　大阪市福島区海老江5-2-2
大拓ビル5 - 7階
Tel 06（6136）8657　https://fueisha.com/
発売元　株式会社 星雲社
（共同出版社・流通責任出版社）
〒112-0005　東京都文京区水道1-3-30
Tel 03（3868）3275
装幀　2DAY
印刷・製本　シナノ印刷株式会社

ISBN978-4-434-27675-0 C0095